UN

HUMBLE MONUMENT

A LA

MÉMOIRE D'UN PÈRE,

AVEC FAC SIMILE DE SON ÉCRITURE,

Par M. BAILLY (Fr.)

ANC. PROF.

———⬦———

. . . . Licet
Non præmaturi cineres, nec fumus acerbum,
Insolabiliter flebilis ille mihi.

1858

37816

Quem tu, posteritas, quem tangis, fama superstes,
Illi vita proba est, jus quoque laudis erit.

« Qui parlera de moi, qui aura souvenance de moi,
quand je ne serai plus ? Et nous donc surtout, ô mon
père ?... Et avec nous tous les gens de bien ? »

J'ai voulu faire vivre cet homme de bien, qui fut
mon père ; ce n'est point un panégyrique, pourtant,
que je veux faire, je veux être juste, voilà tout.

J'ai perdu mon père, j'ai dû le pleurer, et je le
pleure.....

Je n'ignore pas combien sont indifférentes au pu-
blic ces *doléances* de famille ; « mais on accueille sans
trop de rigueur les paroles qui rendent, même fai-
blement, les impressions qui peuvent nous être réser-
vées un jour, et les sentiments naturels trouvent de
l'écho dans tous les cœurs. »

Elles me pardonneront avec intérêt, j'en suis sûr,
d'avoir rendu à mon père un juste et pieux hommage,
ces âmes *bonnes* et *sensibles* qui comprennent le
culte des regrets.

Je dis plus, j'ose l'espérer : c'est une douce, mais
triste satisfaction, triste assez, pour que, même les
gens difficiles, n'aient point à me la reprocher.

L'orgueil qui se reporte aux morts peut
s'avouer, et n'a point à blesser les
vivants.

Le vestibule obligé de l'Humble Monument
qu'élève ici la Piété Filiale, doit être, au moins
une courte notice. Mais, en parlant d'un homme
dont la vie s'est écoulée, au milieu des champs,
obscure et silencieuse, quels faits intéressants
peut-on avoir à relater ?

A défaut de pareils faits, je ne donnerai sur
mon Père qu'un léger aperçu moral, qui réflé-
chira, peut-être, son image à ceux qui le connurent, à ceux qui ne le connurent pas le fera
connaître un peu, et satisfera mon cœur.

Mon Père était né le 27 janvier 1771, et il
nous a quittés le 9 février 1857.

Veuf pour la troisième fois en 1818 (*), avec
un fils, de sa deuxième femme, de 16 à 17
ans, alors aux études; et deux filles, de la troisième, dont l'aînée n'avait que de 7 à 8 ans,

(*) N. Dubreuil, quatre enfants, morts ; — Solange
Paré, deux enfants, dont un mort ; — Marie Triballat,
femme de mérite, cœur excellent, et dont le seul souvenir m'attendrit, à cause de ses rares qualités, et
parce qu'elle fut pour moi une véritable mère.

et la plus jeune que de 3 à 4, sans recourir, que bien peu, à l'assistance d'une étrangère pour les soins domestiques, il fut lui-même tout à la fois et le père de famille et la femme de ménage, jusqu'au moment où sa fille aînée put le décharger entièrement de ce dernier rôle.

Pendant cette période de sa vie, que de voyages de la maison aux champs et des champs à la maison ! Mais aussi que de jouissances ! c'est peut-être son temps le plus heureux ; tant il est vrai que le bonheur est souvent à côté du dévouement et du sacrifice !

Mon père était de la profession, intéressante autant que nombreuse, de ces hommes « parmi « lesquels, a dit un de mes vieux amis, la Jus- » tice, en quittant la terre, porta ses derniers » pas. » Ce n'est point ici une périphrase, c'est une transition. Comme le prophète enlevé au ciel sur un char de feu, laissa son manteau à son disciple, la Justice, de même, en retournant au ciel, laissa parmi les villageois un legs, ample assez, de son héritage, et mon père en obtint sa bonne part : dans tout le cours de sa longue carrière, il ne commit peut-être pas une seule injustice ; il n'eût pu dormir tranquille, si peu qu'il eût eu du bien d'autrui entre les mains.

Ami d'une sage indépendance, il ne se fût jamais résigné aux humiliations par lesquelles certaines gens s'enrichissent. D'un naturel accommodant, loyal, il n'avait qu'une parole dans ses relations d'affaires. D'une rare douceur de mœurs et de caractère, il était de bon service à tous ; qui n'eut à se louer de ses rapports de bon voisinage ? Sans avoir fait d'études, mais avec quelque lecture et les observations de l'expérience et du simple bon sens, il avait une conversation intéressante, agréable, modérément enjouée parfois, et surtout riche en utiles conseils.

Il était et se montrait tolérant, et, dans son âme impartiale et droite, cet homme excellent croyait à la vertu, et davantage encore (*), indépendamment des opinions. Aussi, dans notre village, où deux cultes fonctionnent l'un à côté de l'autre, était-il également estimé, bien voulu des membres des deux communions. Que de traits, qu'il aimait à redire, à l'avantage des fidèles d'un rit qui ne fut pas le sien !

Son désintéressement allait presque jusqu'à l'imprudence ; ah ! si, comme je le crois, la grandeur chez l'homme est en raison inverse de l'égoïsme, mon père, alors, était donc bien grand ! Toute sa vie il n'eut point de plus grand plaisir que de donner, c'était le principal trait

---

(*) « Ne condamnons personne, si nous ne voulons pas être condamnés, » répétait-il souvent : pour lui la religion n'était pas un parti, il était catholique sans exclusion et sans amertume.

distinctif de son caractère, et ce caractère il le soutint jusqu'à la fin ; pourquoi mentirais-je pour celui qui peut-être ne mentit jamais ?

Peu d'heures avant qu'il ne perdît la parole, — j'étais seul avec lui, un peu à l'écart, pensant qu'il sommeillait, — « es-tu là ? me dit-il.— Oui, mon père. — Viens donc. » J'y volai, il était sur son séant, cherchant dans son lit, inquiet, peiné. « Que cherchez-vous donc là, mon père ? — Une pièce de 5 fr. qui est tombée de ma poche. — Je l'ai ramassée, mon père ! — Ah ! c'est bon ! — Il y avait encore... et il spécifia une autre pièce bien minime. — Je l'ai trouvée aussi, mon père ! — Ah ! bien, c'est bon ! » Je le voyais venir, j'étais sûr de la conclusion ; en effet : « c'était pour... ajouta-t-il bientôt, et il nomma la personne. — Je lui donnerai cela, mon père.— Allons ! hé bien, c'est bon ! » et, tranquille alors, il remit sa tête sur son oreiller, d'où, hélas ! il ne la releva plus....

Non ! m'écrierai-je avec un autre de mes vieux amis, non ! je ne me repentirai jamais d'avoir eu un tel père ; et si la nature voulait qu'à un certain âge on recommençât la vie, et que chacun se choisît à son gré, des parents, content des miens, je n'en choisirais point d'autres, d'eux plus fier que s'ils avaient été décorés de faisceaux et de chaises curules, *honestos fascibus et sellis*, et m'estimant plus riche, plus heureux avec leur médiocrité, que si mon aïeul, mon père, mon oncle avaient eu en main tous les trésors de l'Etat. . . . . *ac si quæstor Avus, Pater atque meus, Patruus que fuissent.*

MÉDITATION RELIGIEUSE.

Ah ! qu'un tombeau sait bien remuer l'âme !
Que son aspect réveille de douleurs !
Le Barde y vient graver en traits de flamme
Ses longs regrets , et répandre des pleurs.

Seul , à pas lents , au sein de la nuit sombre,
Ou, de la nuit quand le pâle flambeau
A peine a lui dans l'épaisseur de l'ombre,
Il vient s'asseoir à côté d'un tombeau.

Autour de lui solitude profonde,
Calme effrayant partout autour de lui…
Il a volé loin , bien loin de ce monde,
Et d'une tombe il fit son point d'appui.

Que ressent-il ? lui seul peut vous le dire ;
Il a gémi, de son cœur désolé,
Son luth aidant, qui, comme lui, soupire,
Un chant pieux, soudain s'est exhalé :

« Qu'est l'homme, hélas ! au milieu de l'espace ?
Ce n'est qu'un point au sein de l'infini ;
Et sur la terre on cherche en vain sa trace,
Dès que, poudre, à la poudre il est là réuni.

» Qu'est notre vie ? Une chimère, une ombre,
Un souffle enfin, qu'appelle le néant ;
Qui te retient sur cet abîme sombre,
Atome, être d'un jour, qui te crois un géant?

» Voyez l'éclair au moment de l'orage,
Soudain il brille, et soudain il s'enfuit ;
C'est notre vie, un leurre, un pur mirage,
A qui bientôt succède une éternelle nuit.

» Ah ! qu'il est court le trajet de la vie !
Loin donc, plaisirs, faux biens, terrestre honneur,
Loin, mille riens, que notre cœur envie ;
Fondements ruineux d'un fugitif bonheur !

» Il est là-haut notre bonheur suprême ;
Qui donc jamais fut heureux ici-bas ?
On ne peut être heureux que de Dieu même,
Et l'homme, aveugle, hélas ! souvent n'y pense pas.

» Seul, au trépas, mortel, le corps succombe,
Seul il descend dans la nuit du tombeau ;
L'âme, échappée aux horreurs de la tombe,
L'âme retourne à Dieu, libre, immortel flambeau.

» Oui, par-delà cette vie éphémère
Un Père attend des enfants bien-aimés ;
J'y dois aussi retrouver une Mère, (*)
Et ceux encor, tous ceux que mon cœur a nommés !

(*) Mère chérie, que depuis longtemps, hélas ! tu n'es
plus !... (1808.)

» Là plus de deuil, de maux, d'inquiétude,
Point de regrets d'un passé qui n'est plus ;
Pour l'avenir plus de sollicitude,
Et de bonheur Dieu même inonde ses élus.

» Que je les plains, au temps de l'infortune,
Ces cœurs sans foi, comme aussi sans espoir,
Qu'un dogme saint, consolant, importune,
Et qui n'ont pas compris ce doux mot : « au revoir » !

» Au revoir ? Ah ! dans sa foi si profonde,
Le peuple sait un mot plus doux encor,
Parfum exquis, unique dans ce monde,
Et, comme la vertu, plus précieux que l'or.

» Adieu, mot triste et doux ; du fond de l'âme
Quand ce cri part, oh ! c'est la voix de Dieu,
Dieu, Dieu lui-même alluma cette flamme ;
Il faut donc le redire : Adieu, mon père, adieu ! »

Le Barde ainsi, dans la nuit solitaire,
Sur une tombe apportait son encens ;
De sa douleur, jalouse du mystère,
Dieu seul là-haut entendait les accens.

Cette nuit-là fut pour lui moins qu'une heure ;
Et, quand il eut épuisé son trésor,
Seul, à pas lents, il revit sa demeure :
Son cœur saignait, ses yeux pleuraient encor...

Récit des derniers moments.

Un an s'est écoulé, depuis qu'en cette tombe...
Ah ! comme au premier jour, à mon deuil je succombe.
Neuf et dix février, jours d'amer souvenir,
Qu'un étroit nœud de deuil vint pour moi vous unir !

Il est toujours présent à ma triste pensée
Ce moment où mon père, à ma vue offensée,
Lui-même soulevant un indocile corps,
Pour prendre un dernier mets tenta de vains efforts.
Ses forces, à mes yeux tout-à-coup s'épuisèrent,
De sa mourante main les ressorts se brisèrent.

Bientôt : « un peu de pain, enfants, pour me *tenir*,
Pour me soutenir ; » ciel ! ainsi, plus d'avenir !...
S'il en prenait du moins ; c'est son recours suprême,
Peut-être... Mais hélas ! cet aliment lui-même
Refuse son secours et méconnaît sa loi,
Comme en ce pain pourtant mon bon Père avait foi !

Il y renonce. Alors, sa force l'abandonne,
Il tombe, se relève, et, muet, nous étonne.
Il nous voyait encor, nous étions entendus,
Ah ! quelle angoisse, ouïr, voir, et ne parler plus !...

La parole revient, ô divine parole,
Oh! de l'humanité rayonnante auréole,
Pour tout homme qui naît c'est toi qui fait le jour,
Pour tout mortel qui part pour l'immortel séjour,
C'est toi qui, le quittant à cette dernière heure,
A l'avance, en secret vas marquer la demeure :
« Hors notre âme, ici-bas tout doit avoir sa fin,
J'ai cru, mon cœur souscrit à cet ordre divin ;
Enfants très chers, adieu ! j'ai fini ma carrière,
Adieu ! cette journée est pour moi la dernière,
Sur vous mon œil éteint porte un dernier regard,
Le trépas m'environne, hélas! de toute part.»

Et nos pleurs de jaillir. Mon père s'en offense,
D'un Dieu bon il attend et grâce et récompense :
« Cessez ces pleurs, enfants, ce deuil ne me va pas,
N'est-on donc pas là-haut mieux cent fois qu'ici-bas?»

Ces mots, si pleins de foi, ce trait de grandeur d'âme
De l'espoir dans nos cœurs ont ranimé la flamme.
Et puis, portant sa main sur son cœur paternel,
Il m'avise un moment, et d'un ton solennel :
« Un Dieu juste, mais bon, voilà mon sûr asile,
Enfant, je vais à Dieu, sur mon sort sois tranquille.»

Il s'affaisse, à ces mots, comme un tronc sans appui;
A peine il respirait, tout espoir avait fui.
Mais contre tout espoir un pauvre cœur espère :
« Un mot, un simple mot, ah! mon père, mon père...»

Il ne m'entendait plus, il avait clos les yeux,
Son corps gisait, son âme entrevoyait les cieux.
A sa lèvre, un moment qui redevient sensible,
Un moment j'espérai d'un espoir impossible ;
Plus d'espoir ! à grands pas la vie en lui s'enfuit,
Pour l'âme il s'est fait jour, pour le corps vient la nuit.
Bientôt mon Père, — hélas ! sa course était finie,
S'éteignait sans douleur, comme sans agonie...

Pour moi, de qui si près s'entrouvrait ce tombeau,
De la vie un moment s'éclipsa le flambeau.
Un seul penser, alors, vint soutenir mon âme,
Un espoir m'enleva sur son aile de flamme :
Tu n'es pas un vain mot, mot sublime d'adieu,
Vœu d'un commun retour, un jour, au sein de Dieu,
Baume consolateur, qu'en sa bonté suprême,
Dieu fit le contre-poids d'une douleur extrême...

O mon excellent Père, oui, nous nous reverrons,
Tu nous as devancés, bientôt nous te suivrons...
Le temps, qui, dans son vol, avec lui nous entraîne,
Sans cesse de nos jours va détruisant la chaîne ;
De notre adieu déjà l'heure a fui loin de nous,
Et l'heure vient rapide, où nous arrivons tous.

Ode sur le Pressentiment.

Dieu de tout temps connaît toutes nos destinées ;
Ainsi que nos malheurs, nos heures fortunées,
Sous un même regard il sait les réunir,
Et souvent fait briller, comme une pure flamme,
  Dans le fond de notre âme
Les mystères secrets de l'obscur avenir.

Oui, le Dieu dont la main façonna ton argile,
Mortel, souffle divin, mais nature fragile,
Alors qu'il t'assignait ton exil ici-bas,
Scella comme d'un sceau de sagesse profonde
  Ton entrée en ce monde,
Et son verbe divin ne t'abandonna pas.

Le Verbe, qui dirait l'instant qui l'a vu naître ?
Quel œil remonterait aux sources de son être ?
Verbe divin, son trône est dans l'éternité ;
Dès longtemps il régnait avant que fût l'aurore,
  Et rien n'était encore,
Que rayonnait l'éclat de sa divinité.

Du chaos, à sa voix, les portes s'ébranlèrent ;
Les sphères dans les cieux, sur leur axe roulèrent,

Tout naquit, embrassant tous les mondes divers,
Un lien, invisible à l'œil de la nature,
   Unit la créature
Au Dieu qui, d'un seul mot fit jaillir l'univers.

Le présent, le passé, tout, l'avenir lui-même
Convergent en un point sous le regard suprême,
Et ce point, immobile, est pour Dieu le présent ;
Et de ce grand foyer d'ineffable lumière,
   A son heure première,
Jaillit comme un rayon sur chaque homme naissant.

A ce rayon divin, primitif apanage,
Des rayons se sont joints, dans le cours de notre âge,
Rayons divins encor, que nous n'attendions pas,
Pâles reflets, d'en-haut que le ciel nous dispense,
   De sa lumière immense,
Pour les individus, comme pour les Etats.

Qui ne vous a connus mille fois dans sa vie,
Pressentiments heureux ? par vous l'âme est ravie,
Par vous le cœur, content, rêve d'un bonheur pur,
Anges du doux espoir, source intime de joie,
   Que le ciel nous envoie,
Glissant, légers, vers nous, sur vos aîles d'azur ?

Au sein d'un doux sommeil un prince, un jour, repose,
— Pylade était absent dès longtemps, — quelque chose
Au cœur d'Oreste a dit : « tes vœux sont entendus, »
Et voilà qu'au réveil Pylade se présente...

Scène exquise, touchante !
Dans les bras l'un de l'autre ils se sont confondus.

On conte qu'un héros, le chef d'un grand Empire,
Alors qu'au seuil du jour la sombre nuit expire,
Pour nos fastes, déjà tant de fois embellis,
Dans un sommeil profond rêva d'une victoire,
  Le comble de sa gloire...
Bientôt pour lui brillait le soleil d'Austerlitz.

Ecoutez ces bruits sourds, ou ces voix éclatantes,
Qui vont semant l'effroi dans nos âmes tremblantes,
Tristes pressentiments d'infortune ou de deuil ;
L'horizon s'est fait noir, l'éclair luit, le ciel gronde,
  Dans sa douleur profonde,
Votre cœur s'est serré... vous voyiez un cercueil...

Quand ce grec renommé qui conquit Babylone,
Et par qui de Cyrus tomba l'antique trône,
Marchait vers la cité sur son char triomphal,
A conjurer ses pas des Doctes s'enhardirent,
  Et, sages, lui prédirent
Que ce séjour pour lui devait être fatal.

Et toi, qu'avec amour Dieu si longtemps contemple,
Oui, toi, cité de Dieu, veuve, hélas ! de ton temple,
Alors que tu tombais sous le bras de Titus,
Trois fois on entendit, dans tes tristes murailles,
  Ce cri de funérailles :
« Malheur ! trois fois malheur ! Jérusalem n'est plus. .»

Vingt fois, dans votre vie et haute et traversée,
Vous-mêmes du malheur vous eûtes la pensée,
Vous, lieutenants de Dieu dans ce terrestre exil;
Le ciel vous l'avait dit de sa voix solennelle,
   Lorsque la mort cruelle,
Des jours d'un fils unique allait trancher le fil.

Hélas! aussi pour moi, dans mon humble carrière,
Deux fois d'un deuil futur s'entr'ouvrit la barrière,
Et quand la mort d'un Père allait frapper mes yeux (');
Et quand de Mon Ami, de cet autre moi-même,
   A son heure suprême,
L'ombre sur moi planait, en s'envolant aux cieux :

Tous deux ils m'étaient chers, chacun d'eux fut mon père
Oh! je les reverrai, Dieu me l'a dit : « espère. »
Qui nous fit Dieu méchant, à mon sens blasphéma :
Ce serait un supplice aussi trop redoutable
   Pour l'amour véritable,
De ne revoir jamais ceux que tant on aima.

(') C'est à ces deux circonstances, extraordinaires à mes yeux, à la première surtout, qu'est due cette ode; elle ne nous a point paru déplacée ici.

À mes deux Sœurs,
à nos Parents, à tous nos Amis et Connaissances.

SOUVENIRS ET ESPOIR.

ÉLÉGIE.

Souvenirs si pleins de douceur,
Venez, oh! j'aime votre empire,
Venez... vous reposez mon cœur,
Et par vos bienfaits je respire.

Mémoire du cœur, don des cieux,
Oh! ton illusion m'est chère :
Par toi j'ai ressaisi mon Père,
Tu le fais revivre à mes yeux.

Par toi, je me le représente
Assis, debout, parlant, marchant ;
Oh! si sa personne est absente,
Que son souvenir est touchant !...

Aux champs, pour lui si pleins de charmes,
Aux champs, ai-je porté mes pas ?
« Il s'assit là — me dis-je, hélas!... »
Et quelle douceur dans mes larmes !...

» Ici, mon père travailla :
Il provigna ce *feuille ronde ;*
En fruit si ce *damas* abonde,
Mon Père à son berceau veilla.

» Cet arbre me prête son ombre.
Cet autre, tout couvert de fleurs,
Me promet des fruits en grand nombre,
—Moins nombreux, pourtant, que mes pleurs !..

» Mon Père suivait cette ornière
Pour l'aller et pour le retour ;
Il la suivit, hélas ! — un jour,
Et cette fois — fut la dernière... (*)

» Dans ce jardin, qu'il m'a légué,
Jardin paisible, solitaire,
Que de fois ici, fatigué,
Il prit un somme salutaire !

—Du juste, oh ! c'était le sommeil !
Cherchez le juste sous la bure,
Il est là, — quand la vie est dure,
Qui n'est honnête homme au réveil ?

« Assis tous deux à cette table,
Nous prenions un frugal repas,
Frugal, mais, à deux, délectable.
Il n'est plus là... mon Père... hélas !

» Hélas! oui, dans cette demeure,
Qu'un demi-siècle il habita,
Pour lui, — mon cœur en garde l'heure...
Le temps, dans son vol s'arrêta... »

(*) Quand mon Père était à travailler dans un champ,
dans une vigne surtout, il était là comme dans son élé-
ment ; aussi, quand ses pauvres jambes ne lui permirent
plus de s'y traîner, on pouvait être sûr que sa fin appro-
chait. Pardon, mon cher lecteur, mais ici encore, vois-tu,
j'ai senti couler mes larmes...

Sur ce lit, pôle involontaire,
Où toujours se portent mes yeux...
Ah ! ne parlons plus de la terre,
Il l'échangea contre les cieux. »

Oui, tout me rappelle mon Père,
Un rien m'éveille un souvenir...
Le jour viendra, — mon cœur l'espère,
Qui doit enfin nous réunir...

Éternité, tout te redoute,
Tout tremble au solennel adieu.
Oh ! nous sommes tous sur la route,
Sur la route qui mène à Dieu.

Nos amis reprendront la vie,
Pour nous ils ne sont point perdus :
Un jour, Dieu comblant notre envie,
En lui nous serons confondus.

Alors, souvenirs pleins de charmes,
Mais pleins d'ineffables douleurs,
Alors finiront nos alarmes,
Nos regrets et nos longs pleurs.

Par une de ces permissions de la Providence, où l'on verrait de cruelles méprises, si ses vues, toutes sévères qu'elles paraissent, n'étaient impénétrables, les dernières années de la vie de mon Père ont été les plus dures de beaucoup; de là la deuxième des inscriptions tumulaires suivantes, qui est celle que j'ai cru devoir lui donner, le faisant parler lui-même.

De la première, qui m'est personnelle, je n'en fais part qu'ici, à toi seul, MON CHER LECTEUR.

Première inscription.

AIEN EMOI KAI A. . N

THI MNHMHI CEMNE E . I . HMEEIC

KAI TA . . E ... EETAI

. AKPUA KEAP TE . ATEP

Deuxième inscription.

PETRO BAILLY

XXVII Jan. 1771. = IX Feb. 1857.

ANNOS MEOS ULTIMOS LABORIOSISSIMOS HABUI,

QUIA RETRIBUERUNT MIHI MALA PRO BONIS;

SED MERCES MEA CERTA A DOMINO.

Ah ! chrétien, une larme... un simple souvenir !!!

Bourges, Impr. et L. de Jollet-Souchois.

www.ingramcontent.com/pod-product-compliance
Lightning Source LLC
Chambersburg PA
CBHW061733180626
46818CB00006B/2586